W0463398

Une version précédente de ce texte
a été publiée dans *Télérama* en 2006.

Éditrice : Soazig Le Bail
Assistante d'édition : Charline Vanderpoorte
Conception graphique : Kamy Pakdel

© Éditions Thierry Magnier, 2015
ISBN 978-2-36474-774-6

Dépôt légal : octobre 2015
Achevé d'imprimer entre filles
sur Munken Print 150 g par Pbtisk
(République Tchèque), en août 2015.
Photogravure : Terre Neuve

QUATRE CŒURS IMPARFAITS

Véronique Ovaldé Véronique Dorey

ÉDITIONS THIERRY MAGNIER

Rosa Luisa avait eu trois sœurs.

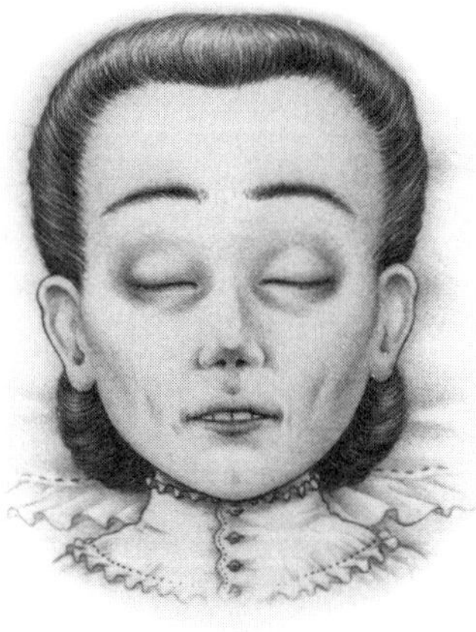

La plus jeune était folle, la deuxième était pute, la troisième était morte.
J'étais la fille de la troisième et j'habitais avec Rosa Luisa, l'aînée des sœurs.
Je me souviens que Rosa Luisa devait bien avoir cent ans et qu'elle était vierge.
Il y avait donc Rosa Luisa la vierge, Maria Cristina ma mère morte, Mercedes la pute et Pepina la folle.

Rosa Luisa avait toujours vécu dans la grande maison au sommet de la colline de Camerone. Elle n'y avait pas plus bougé que les deux camphriers du jardin.
On disait que Rosa Luisa avait connu un amour absolu et non consommé quand elle était encore une toute jeune fille. C'est du moins ce que Mamina, la cuisinière, me racontait quand j'étais une gamine et que nous passions toutes deux ce temps si long de mon enfance dans la cuisine en pierre de la maison sur la colline.

Elle me disait : « Rosa Luisa fut aimée, ma précieuse (elle étalait la pâte sous une sorte de gourdin en bois scié aux extrémités), elle fut si aimée, ma mie, que nous aurions toutes voulu être à sa place (elle saupoudrait de coco la pâte molestée par le gourdin, y déposait des amandes et de fines tranches de viande d'iguane), mais il faut croire, ma princesse,

que les femmes de cette famille ont peu de chance en la matière (en disant cela elle faisait vers moi un petit signe de la main droite qui était censé écarter cet atavisme du malheur en amour, et de la main gauche elle enfournait sa tourte à l'iguane dans la cuisinière en faisant crisser le plat contre la grille, et moi, à genoux sur le banc de bois, je grimaçais pour toutes ces raisons à la fois).

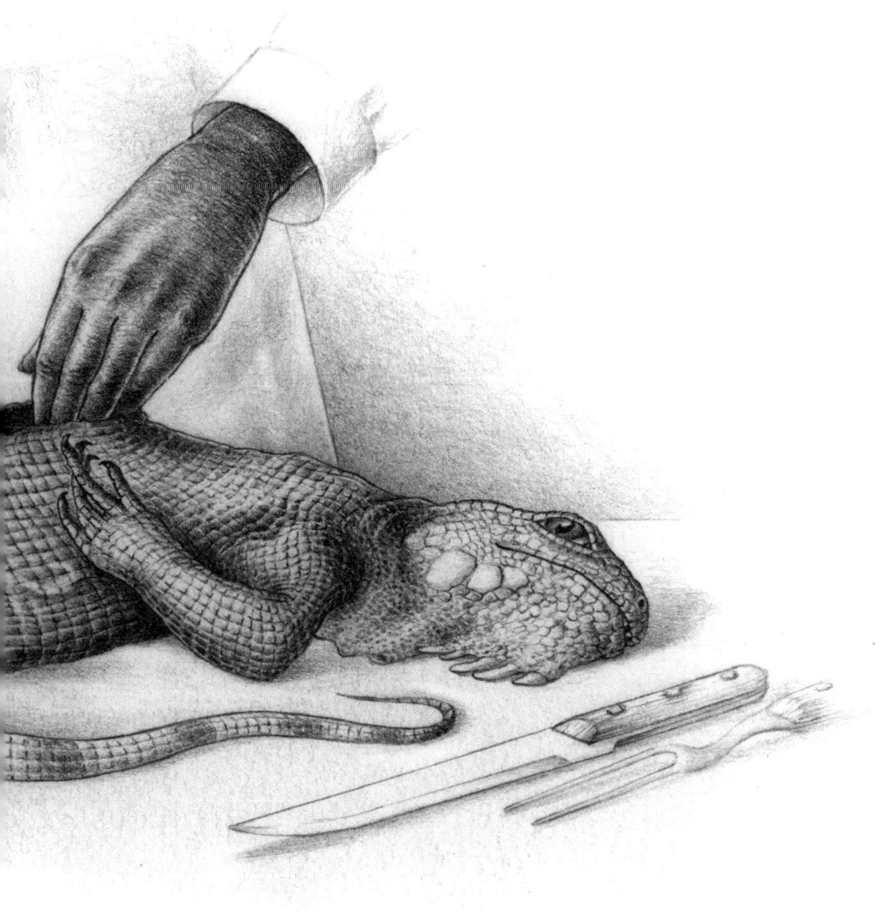

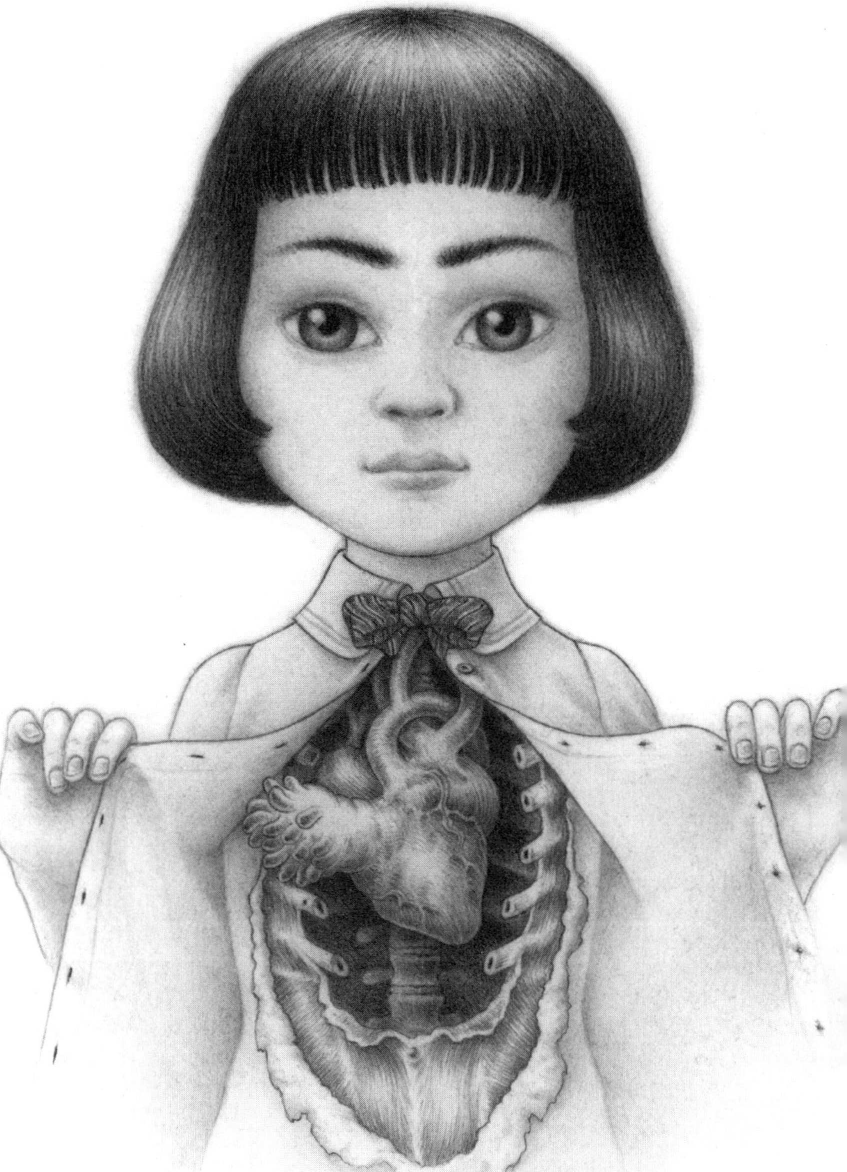

Par chez nous, disait-elle, les gens peuvent se consumer d'amour toute leur vie pour un unique objet. C'est une complexion particulière de nos cœurs, une molécule en plus, il paraît que ça se voit quand on nous fait une radio du cœur, on y voit une excroissance, un supplément extravagant. Du coup, dans nos contrées, les vierges folles abondent, les amants éconduits pullulent dans les cimetières. »
Impossible d'avouer à Mamina que, à tout prendre, j'aimais autant vivre des amourettes, papillonner et butiner.

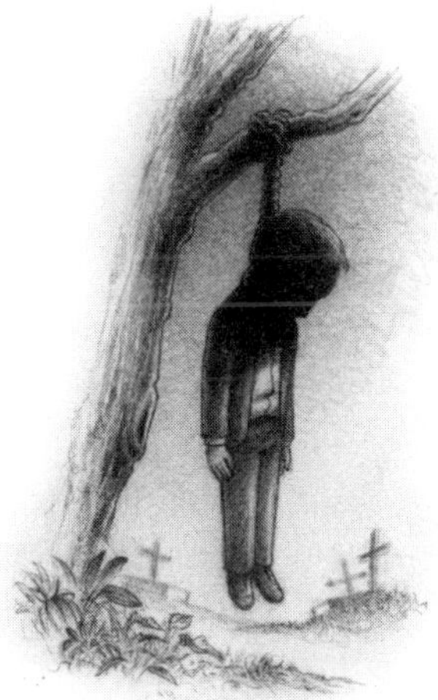

Mamina s'occupait de nous depuis toujours.

Elle s'était occupée de ma grand-mère bien avant que Papa Tijuano vînt au pouvoir et puis elle s'était occupée des quatre filles de ma grand-mère tant que celles-ci habitèrent dans la maison au sommet de la colline de Camerone. Elle prenait toujours soin des oiseaux parfaits de ma mère — ou plus précisément de la douzième génération des oiseaux parfaits de ma mère — qui vivaient à l'étage dans une pièce qui leur était toute dévolue, une chambre dont nous laissions les fenêtres ouvertes pour qu'ils allassent à leur guise (et pour qu'aucun d'eux ne se reproduisît en circuit fermé et n'allât dégénérer la généalogie des oiseaux parfaits de ma mère).

Mamina s'astreignait à cette tâche depuis ma naissance puisque ma mère avait eu l'indélicatesse de déclarer forfait à ce moment précis en disparaissant pour rejoindre mon père, emporté trois mois plus tôt par la grippe espagnole.

Le samedi, avec Mamina, nous allions voir Pepina, la sœur folle, à l'asile.
Nous préparions des biscuits très sucrés en forme de cœur avec Mamina, nous les déposions dans une boîte en métal et empruntions le tramway antique du bord de mer pour nous rendre à l'asile.

CORAZONCITOS

Nous restions auprès de Pepina toute l'après-midi, Mamina sans bouger dans l'ombre bleue de la chambre (avec ses barreaux à la fenêtre et ses merles albinos qui sautillaient dans le jardin), moi agenouillée à regarder la télévision (nous n'en possédions pas dans la maison sur la colline) avec le son le plus bas possible pour ne rien déranger, moi agenouillée sur la chaise de fer pendant que Mamina et Pepina se regardaient, Pepina grignotant un biscuit en forme de miette de cœur et levant un doigt vers le ciel et souriant comme une béate.

CORAZONCITOS

Pepina avait été dès sa naissance une petite folle mélancolique, presque muette et incapable d'apprendre quoi que ce soit, elle s'asseyait dans les escaliers et conversait avec ses doigts, et ce qui avait pu sembler charmant quand elle était enfant était devenu encombrant au moment de sa puberté. Elle était la grosse jeune fille triste qui bavait et chantonnait assise dans les escaliers. Mamina disait toujours : « Elle a manqué d'oxygène à la naissance. » Et je ne voyais pas bien comment ce manque de souffle avait pu la briser à ce point. Je ne voyais pas bien d'ailleurs comment l'oxygène pouvait manquer quand on naissait. Pepina avait-elle oublié de respirer à ce moment crucial ?

Sur le trajet du retour nous passions devant les bordels de la ville basse — avec leurs lanternes chinoises, leurs filles lasses qui y louaient leur corps, leurs vieilles façades dignes, leurs stucs d'angelots priapiques et de nymphes callipyges.

56

Je me collais à la vitre du tramway pour voir si je n'y apercevais pas la silhouette de ma tante numéro deux, la belle Mercedes (elle portait un nom de voiture, il me semblait qu'elle aurait pu s'appeler Chevrolet ou Ford Pinto). Mamina faisait semblant de ne rien remarquer, elle sifflotait à mes côtés, le dos bien droit, à dix centimètres du dossier du fauteuil, les yeux plissés comme pour regarder quelque chose qui se trouvait bien au-delà de n'importe lequel des vulgaires usagers du tramway, elle sifflotait ou fumait avec affectation une cigarette fine et longue comme un brin d'herbe — c'était l'époque où l'on pouvait encore fumer dans les tramways de Cameronc.

CURSO
de
DANZA

Quand nous descendions à notre arrêt et que nous remontions la rue jusqu'à notre maison sur la colline, Mamina, l'air de ne pas y toucher, tirant sur sa cigarette pour retrouver le souffle, me mettait en garde contre les mères maquerelles qui vont chercher les filles chez les couturières de la ville et dans les cours de danse du front de mer (c'était ainsi apparemment que Mercedes avait tourné lascive) et elle me vantait l'amour platonique de la pauvre Rosa Luisa, ma tante numéro un, me signalant sa silhouette qu'on apercevait à la fenêtre de sa chambre, au loin, épiant notre retour ou celui de son amant malheureux.

J’ai appris l’histoire de Rosa Luisa de la bouche de Mamina un jour où il faisait aussi sombre que sous le cul d’une marmite et où l’on entendait l’orage qui montait sur la mer.
Nous étions toutes deux dans la cuisine avec quelques bougies allumées pour ne pas attirer la foudre.

Et elle me dit comme ça, de but en blanc, que Rosa Luisa n'aimait pas les orages parce qu'ils lui rappelaient son amour perdu. Je lui dis : « Mamina, tu ne peux pas t'arrêter en si bon chemin. » Elle s'assit sans me regarder, soupira et passa à table.

Le garçon, Perez-Rabal, était de petite extraction. Il avait rencontré Rosa Luisa quand il était venu réparer les canalisations un hiver, mais le jeune Perez-Rabal avait de l'ambition, il voulait devenir dentiste et ne pas rafistoler des tuyaux de zinc toute sa vie. Ils s'étaient croisés, ils étaient jeunes et beaux, ils s'étaient plu. Bien entendu il était hors de question que Rosa Luisa partît avec un garçon comme lui. Alors ils convinrent secrètement d'une date pour que le jeune Perez-Rabal vînt la chercher et l'emmener avec lui.

La nuit prévue, le jeune Perez-Rabal grimpa sous les fenêtres de Rosa Luisa par la passiflore géante de la gouttière. Il pleuvait dru, l'orage grondait déjà, il s'agissait de faire vite... mais au moment où le pauvre Perez-Rabal atteignait la fenêtre de sa belle, et qu'elle se sentait déjà frémissante à l'encourager depuis sa meurtrière, un éclair zingua le ciel et la foudre atteignit le pauvre Perez-Rabal, la foudre descendit depuis son appareil dentaire jusqu'à ses pieds et, planté grillé, accroché à sa passiflore, il ne resta du pauvre Perez-Rabal qu'une touffe de cheveux et l'appareil calciné.

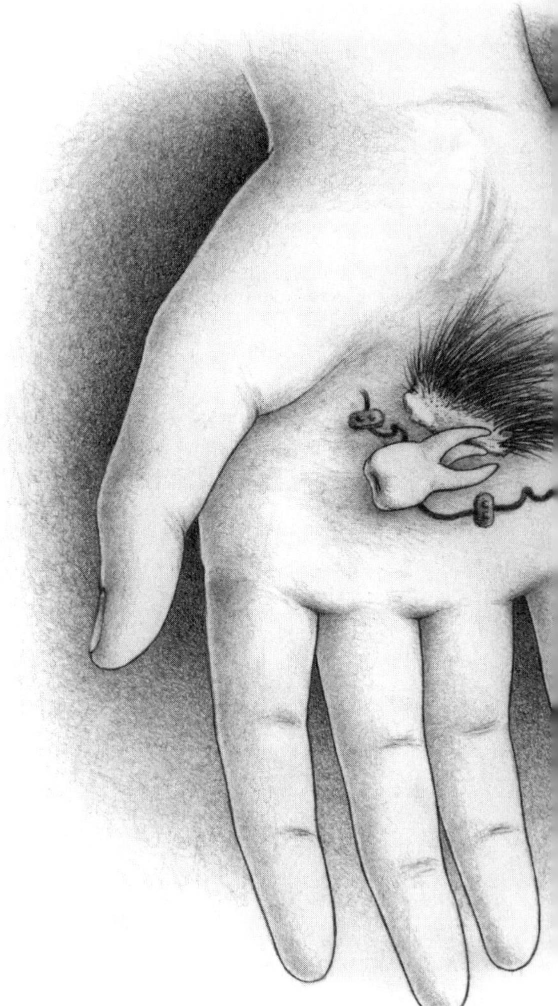

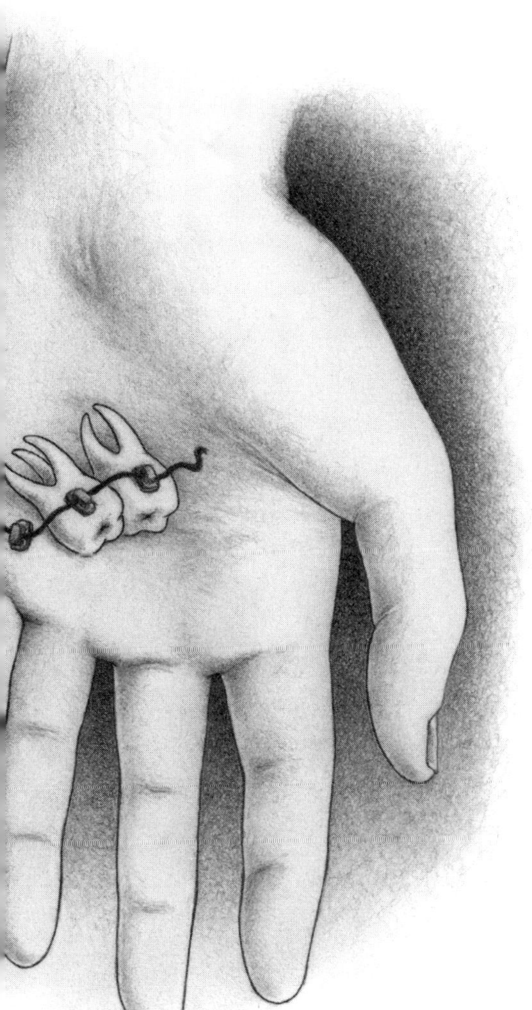

Mamina, en me racontant l'histoire de Perez-Rabal et de Rosa Luisa, n'avait cessé de soupirer très fort comme si l'air lui manquait, elle me dit : « Va me chercher les sels d'étain dans la salle de bains. » Je montai l'escalier, empruntai le couloir obscur, poussai la porte de la salle de bains sans une hésitation et surpris Rosa Luisa dans la baignoire carnassière, la baignoire à pattes de tigre (mais pourquoi donc les baignoires ne sont-elles pas plutôt palmées ?).

Je restai ainsi toute pantoise sur le seuil de la salle d'eau et je la vis qui s'adonnait à ses ablutions avec un air dégagé et taciturne — personne n'a jamais touché mon corps, semblait-elle dire —, je vis sa peau et sa chair, et sa chair était calme et ferme, sa peau était blanche et fine, prête peut-être à se déchirer, comme une dentelle restée des siècles dans un grenier et qui tombe en poussière au moment où vous la découvrez et l'effleurez, je l'entendis chantonner, et je ne voulais pas entendre encore une fois ces mélodies désespérantes et ces histoires d'amour triste, elle chantonnait en se savonnant, et elle avait l'air d'une toute jeune fille dans son corps de pucelle.

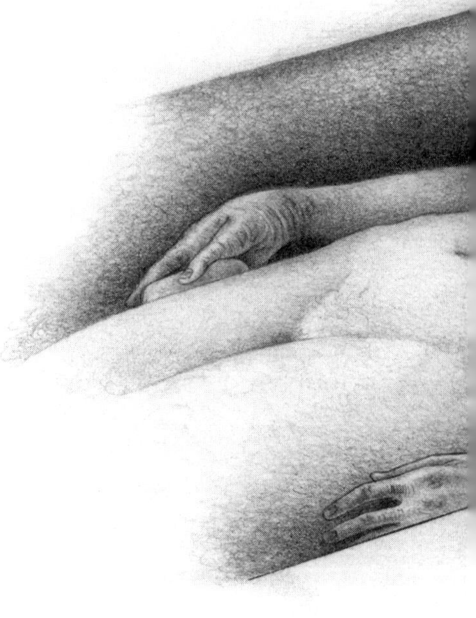

Alors j'ai refermé très doucement la porte, descendu l'escalier, enfilé mes chaussures et sous l’orage j’ai filé de la maison aussi vite que j’ai pu.

À aucun moment je n'ai regardé derrière moi la maison sur la colline, avec Mamina dans sa cuisine et Rosa Luisa presque morte et intouchée, j'ai dégringolé la colline à pied sans attendre le tramway, je suis allée jusqu'aux maisons très dignes de la ville basse, avec leurs lanternes rouges à la porte, je suis allée trouver Mercedes pour ne surtout pas finir comme Rosa Luisa, j'ai frappé à chaque porte et les mères maquerelles ont essayé de me retenir mais je cherchais Mercedes, et quand je l'ai trouvée enfin à la cinquième porte toquée je suis restée un instant sur le seuil, je lui ai dit qui j'étais et elle m'a serrée dans ses bras et m'a dit : « Ne reste donc pas dehors, ma figue, tu vas te tremper, viens donc avec moi », et elle m'a fait un petit signe tendre et j'ai pénétré derrière elle dans la maison à lanterne rouge où elle vivait et consolait depuis si longtemps.